AF598658

Scandale

Nathan Glimmer

Scandale

Roman

LE LYS BLEU
ÉDITIONS

ISBN : 979-10-422-2591-9

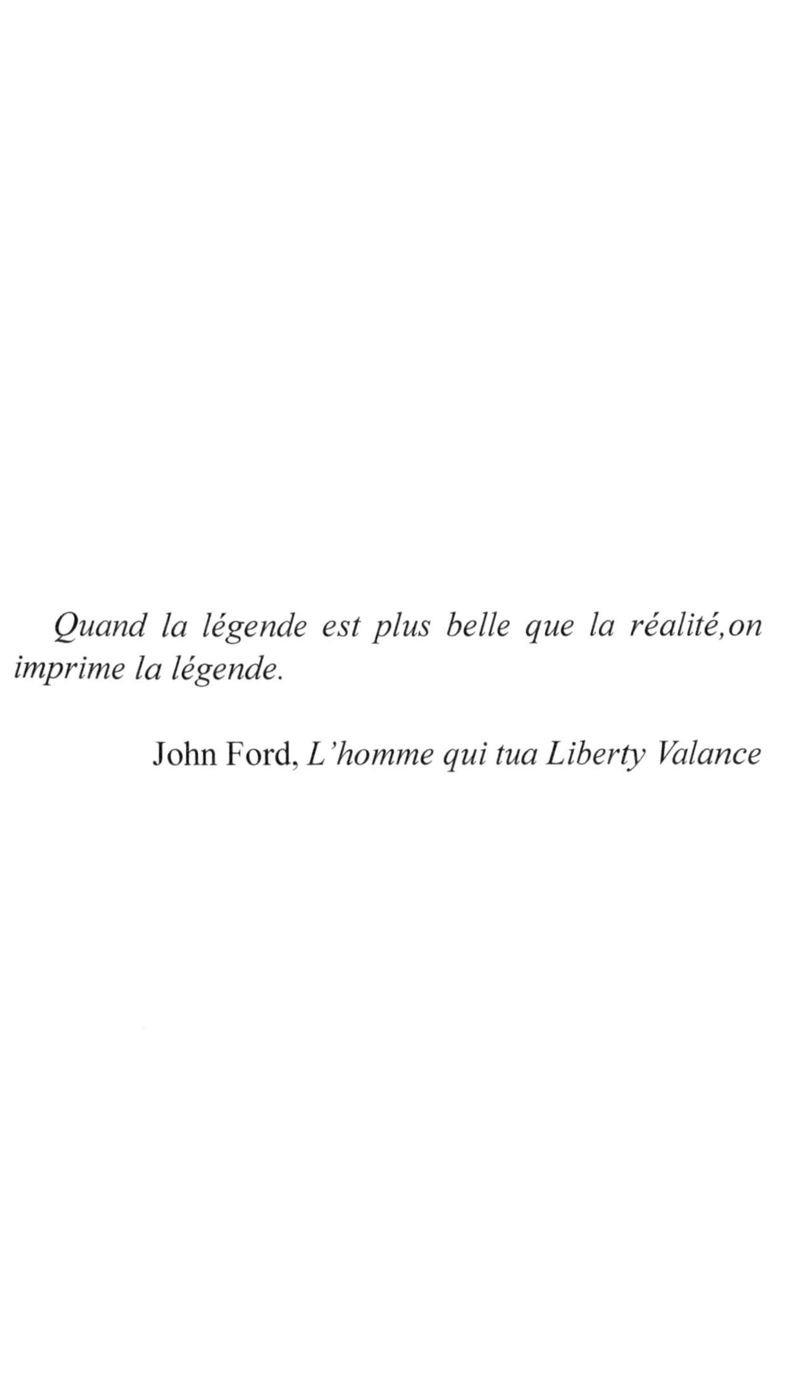

Quand la légende est plus belle que la réalité,on imprime la légende.

John Ford, *L'homme qui tua Liberty Valance*

L'histoire

Nice, juillet 1947

— Fichtre ce qu'il peut faire beau aujourd'hui ! Regardez-moi ce ciel limpide, ce soleil ardent, et la Méditerranée étincelante… Non vraiment, quelle idée d'avoir encore accepté cette partie de bridge avec Papa !

Ainsi pense Henri Betti, né Ange il y a trente ans à quelques jours près, ici même à Nice, alors qu'il parcourt le cours Saleya pour se rendre au café où l'attendent effectivement son père et quelques-uns de ses amis, autres immigrés parmesans, pour la partie de cartes hebdomadaire à laquelle tient tant le nouveau retraité – Monsieur Betti père était peintre en bâtiment, Madame, vendeuse de poissons sur les marchés. Et puis ce n'est pas tout le temps que son fils est à ses côtés. Il passe plus de temps avec ses amis saltimbanques parisiens qu'avec sa famille, pour sûr…

Le ciel est bleu, l'air est doux, Henri déambule dans ces ruelles et placettes où il a grandi. Place et rue Rossetti, rue Pairolière, rue du Malonat… Il aime jusqu'au bruit de ses pas sur les « maloun », ces tommettes caractéristiques du Vieux-Nice. Les façades colorées se succèdent, les clairoirs qui les ornent extraient l'air des ruelles que les salestres évacuent. Ces mouvements aérauliques ne procurent pas seulement un précieux confort thermique aux piétons, ils contribuent à diluer et diffuser l'odeur enivrante des épices que l'on vend dans diverses échoppes du quartier. Henri ne manque d'ailleurs pas de saluer en passant quelques commerçants qui l'apostrophent en retour, lui proposent fruits ou légumes, frais et bon marché. Non vraiment, tout va bien ce matin.

Le succès de « Mam'zelle Printemps » au théâtre Moncey est certes mitigé, mais ce n'est pas à cause de sa partition musicale, saluée par la critique. On lui a même rapporté que « Le régiment des mandolines » était sur toutes les lèvres des Parisiens ces temps-ci ! La Lily Fayol n'y est sans doute pas pour rien, en roulant les r à outrrrance comme elle fait de ses hanches… mais le compositeur non plus, et c'est lui ! (Ah ! Lily… pense Henri qui sourit).

Mais c'est vrai qu'il pourrait passer plus de temps ici. Nice lui a toujours plu, et plus encore, réussi. Bien sûr, il y a Paris : le Conservatoire National Supérieur de Musique, avec ses deux éminents professeurs. Le grand Lazare Lévy tout d'abord dont l'enseignement lui a été si précieux, sans qui il n'aurait pas l'aisance corporelle et le doigté qu'on lui reconnaît usuellement (il n'a jamais avoué, à quiconque, que d'aucuns au Conservatoire lui ont reproché son insuffisante vélocité, le faisant ainsi douter de ses talents pianistiques, puis de sa pugnacité alors que chaque jour davantage il rechignait à s'exercer…) Monsieur Raymond Pech ensuite, sans qui, il l'admet volontiers, il n'aurait jamais obtenu le prix d'harmonie alors qu'il avait à peine vingt ans !

Voilà pour les Maîtres. Il est plus difficile de recenser ses maîtresses, alors qu'en parallèle de sa formation musicale, il a officié toutes les nuits ou presque dans divers night-clubs, le Paradise, près de Montparnasse, l'Alcazar rue du faubourg Montmartre… entouré de jeunes danseuses dévêtues, affectueuses et joyeuses filles de tant de joie. Sans parler de celles rencontrées au gré de ses pérégrinations durant la guerre, lorsqu'il accompagnait Maurice Chevalier en France, en Europe, en Afrique du Nord… Nous y reviendrons.

Mais n'est-ce pas Nice qui met sur son chemin son ami Roger Lucchesi, alors que déboussolé (et disons-le plutôt soulagé) par sa récente démobilisation du service militaire, il traînait sur la Promenade ? Ce cher

Roger, compositeur-guitariste corse de son état, qui lui propose de rencontrer Maurice Chevalier à qui il compte soumettre une de ses compositions ! Quarante-huit heures plus tard, le jour même de l'anniversaire d'Henri – ce que c'est que la vie, quand même ! – les voilà tous deux seuls avec l'Artiste, à La Louque, son étonnante propriété cannoise. Reçus dans le majestueux salon, aux hautes baies vitrées ouvertes sur la terrasse riche de cactus en pots de terre cuite de toute taille, en surplomb de la piscine d'où s'extrait la Vedette en les accueillant[1]. Le temps d'enfiler un peignoir blanc, chausser ses espadrilles bleu marine, et le voilà les guidant vers le piano d'acajou brillant qui occupe un angle protégé du soleil du salon aux parois blanchies, cossument couvertes de miroirs et tentures. Ils boivent ensemble une citronnade fraîche puis se mettent à l'ouvrage. La composition de Roger, intitulée « Ah ! L'amour », ne convainc pas l'Artiste, qui lui demande de ne pas lui en tenir rigueur, l'invitant à se resservir de citronnade pour s'en consoler, et qui dans le même élan de paroles et amples mouvements de bras, toujours

1 Dans son récit autobiographique, *C'est si bon !* aux éditions La pensée universelle, Henri Betti indique que Maurice Chevalier jouait au tennis lorsque son ami et lui arrivèrent à la Louque et que c'est « en survêtement et dégoulinant de sueur » qu'il les salua. Nous avons préféré retenir ici la version que le même Henri Betti reporte dans son interview de 1979, disponible sur YouTube, filmée sur les lieux même de leur rencontre.

le sourire aux lèvres, s'adresse désormais à Henri, lui proposant tout de go de l'accompagner pour ses prochains concerts et enregistrements.

Henri hésite, réfléchit, prend conseil auprès du Professeur Pech, lequel bénit cet abandon sacrilège de la grande musique au profit du music-hall, parce que, et uniquement parce que, Monsieur Maurice Chevalier le lui a demandé. Le père Betti se montre moins compréhensif mais le jeune Henri bien sûr alors ne l'écoute pas, et s'embarque aux côtés du « Patron » pour une aventure qui dura cinq ans. Des centaines de concerts, des milliers d'heures à interpréter, puis composer une partie, quarante morceaux au moins, du tour de chant du plus grand chanteur français de music-hall, star internationale depuis ses succès outre-Atlantique de l'entre-deux guerres.

Des centaines de dates dont une que nous devons citer, une en plus de toutes celles au Casino de Paris où pendant huit semaines en 1941 ils divertissent une salle où Parisiens et officiers du Troisième Reich se côtoient. Plus qu'une date, un voyage, d'une journée seulement, et non une tournée comme il fut rapporté. Mais quelle journée que ce 2 décembre 1941... Au Stalag XI-A d'Altengrabow, là même où Maurice Chevalier fut prisonnier durant la Première Guerre mondiale, ils se produisent tous deux à la demande des autorités de Vichy. Y ont-ils joué « Y a d'la joie » devant plus d'un millier selon Henri Betti, « quelque trois milles » selon les organisateurs, prisonniers de guerre français comme on le lit dans la revue de propagande nazie Signal en janvier 1942 ? Est-ce exact que plusieurs centaines de prisonniers reprirent en chœur « La chanson du maçon » comme le raconte ailleurs Henri Betti ?Pour être complet sur cette visite, précisons qu'elle se fit selon divers récits, y compris celui de notre pianiste dans son autobiographie, aux trois conditions suivantes négociées par Maurice Chevalier : durée limitée aux 24 heures de relâche du Casino de Paris, libération de dix prisonniers originaires de Belleville et de Ménilmontant, aucune rémunération associée à leur prestation.

Il n'y eut pas en revanche lors de ce séjour allemand de « rencontre » à proprement parler d'Adolf Hitler et de Joachim von Ribbentrop, comme on peut le lire, abasourdi, sur le site henribetti.com, mais à en croire l'autobiographie précitée de l'intéressé, uniquement sa présence le 2 décembre matin, concomitante à celle du Führer et de son ministre des Affaires étrangères, dans le grand hall d'un hôtel d'Unter den Linden, au cœur de Berlin.

Mais laissons cela, quand bien même ce séjour, surtout avec l'écho qui en est fait de ce côté de la frontière, ternit, sans doute, la longue tournée en zone libre qui suit. Il n'y a qu'à voir pour s'en convaincre l'irritation, vive et visiblement sincère, de notre musicien lorsqu'interviewé, il évoque des années plus tard ce voyage… Essayons plutôt d'imaginer nos deux compères pérégriner de village en village, les kilomètres parcourus bien installés dans la puissante Bugatti du « Patron », en silence ou échangeant des confidences, flânant ou fonçant à travers les monts et les vaux de la campagne française. Faisant halte dans des salles qui n'ont de festives que le nom, avec leurs rideaux de scène aux couleurs passées, poussiéreux de ne pas avoir été défaits depuis des mois, leurs sièges dépareillés, leurs pianos d'aléatoire qualité. Figurons-nous les mondanités avec les élus, ecclésiastiques et notables locaux, les maigres pitances partagées, les bouteilles débouchées en leur honneur, bues en leur compagnie. Les rencontres d'un soir qui seules permettront peut-être de distinguer entre eux les souvenirs des chambres d'hôtel aux encombrantes penderies boisées, aux lits bien faits, aux taies et draps immaculés, parfaitement repassés sous les épaisses couvertures tirées à quatre épingles, qui les accueillent soir après soir, qu'ils quittent à la hâte tard le matin pour rejoindre l'étape suivante de leur périple, laissant derrière eux conquêtes confuses et literies sens dessus dessous… Tous ces touchants succès, quelques semaines après la une du Petit Parisien du 15 septembre 1941 – « Le populaire Maurice Chevalier qui va chanter en France occupée nous dit qu'il souhaite la collaboration entre les peuples français et allemand. » quelques autres avant que l'hebdomadaire américain Life ne publie le 24 août 1942 une liste de collaborateurs « certains à assassiner, d'autres à juger lorsque la France sera libre », liste noire qui se conclut par le nom de Maurice Chevalier.

De cela, Henri Betti ne parle pas. Tout juste indique-t-il ne pas avoir compris pourquoi « La chanson du maçon », dont il a signé à l'automne 1941 la musique et non le texte, celui qu'il publie néanmoins in extenso en première annexe de son récit, ne sera plus diffusée après la Libération, car marquée du sceau de l'infamie collaborationniste.

Retour à Nice donc, en ce matin estival de 1947, où Henri sourit à la vie. La tuberculose qui s'est abattue sur ses épaules à la fin de la guerre est derrière lui désormais. Il est en grande forme, et d'ailleurs la nuit fut bonne – Henri est beau garçon, soigné, habitué des soirées parisiennes, riant volontiers de toutes ses dents tandis que ses doigts virevoltent sur le clavier, jouant des airs gais et entraînants, pour certains éminemment polissons. Cela suffit à ravir bien des hommes, jeunes et moins jeunes, séduire bien des femmes, en quête d'insouciance et de plaisir après toutes ces années de plomb.

Malgré cette maudite partie de cartes, la journée s'annonce radieuse. Se dirigeant vers la place Masséna, il passe sous les arcades de l'avenue de la Victoire, rebaptisée depuis avenue Jean Médecin, pour se protéger du soleil et lécher les vitrines. Quand il s'arrête subitement devant celle d'un magasin de lingerie. « Scandale » est le nom qui s'affiche en amples et tarabiscotées lettres dorées au-dessus de la vitrine, à même les panneaux de bois fraîchement laqués de couleur lilas. Qu'y a-t-il donc vu pour agir ainsi ? Si quelqu'un l'avait suivi de trop près, il aurait certainement percuté notre homme ! Quelle idée, vraiment, que de s'immobiliser de la sorte alors qu'on avançait quelques secondes plus tôt d'un si bon pas… Et pourquoi ? Est-ce la vue de la rouge guêpière de tulle brodée qu'endosse le mannequin en devanture qui l'a interloqué ? Ou les porte-jarretelles de dentelle noire dévoilés sur un coussin de satin crème à ses pieds ? On peine à croire que ce soient les nuisettes virginales présentées sur le côté, à moins qu'elles ne lui évoquent un agréable souvenir intime… Il est vraiment dommage de ne pas savoir ce qui se passe alors dans le crâne d'Henri Betti, car la réaction que provoque in fine cette devanture du magasin niçois de lingerie féminine, « Scandale », en ce mois de juillet 1947, c'est cela :

fa, mi, mib, fa, sol, la, sol, fa, ré.

Neuf notes qu'il s'empresse d'écrire sur une feuille de papier à musique – il en a toujours une dans sa poche, pour ces quelques fois magiques où l'inspiration lui tombe dessus, à l'improviste, alors qu'il n'a pas de piano à portée de doigts.

Neuf notes qui changeront sa vie, et égaieront des millions d'autres.

De retour de sa partie de cartes, qui le voit perdre un peu mais pas trop d'argent, rien objectivement comparé au plaisir qu'il a offert à son père par sa seule présence rayonnante, grimpant quatre à quatre les marches de son domicile rue des Ponchettes, il se dévêt, extrait de sa poche le papier griffonné plus tôt et s'assoit à son piano. Eurêka ! Une nouvelle mélodie. Henri est content bien sûr, comme à chaque fois qu'il compose, mais sans plus. Ce n'est pas sa première fois, ce ne sera pas la dernière. Même si l'on rapporte qu'à la question « Combien de chansons avez-vous écrites ? » il aimait à répondre « Une seule ». Celle-ci.

La jouant quelques jours plus tard à Paris, sur le piano quart-de-queue d'un petit salon du chic hôtel Powers de la rue François 1er pour son ami parolier André Hornez, il est contraint d'attendre vingt-quatre heures de plus pour que ce dernier lui propose non pas un, mais dix titres de trois syllabes réglés sur le rythme des trois premières notes. Malgré la similitude avec un des succès d'alors de Charles Trénet, « C'est bon », les deux complices retiennent comme nom de baptême pour cette ritournelle « C'est si bon ».

Le texte original est le suivant :

Je ne sais pas s'il en est de plus blonde,
Mais de plus belle, il n'en est pas pour moi.
Elle est vraiment toute la joie du monde.
Ma vie commence dès que je la vois,
Et je fais « Oh ! »Et je fais « Ah ! »
C'est si bon
De partir n'importe où,
Bras dessus, bras dessous,
En chantant des chansons.
C'est si bon
De se dire des mots doux,
Des petits rien du tout
Mais qui en disent long.

En voyant notre mine ravie
Les passants, dans la rue, nous envient.
C'est si bon
De guetter dans ses yeux
Un espoir merveilleux
Qui donne le frisson.
C'est si bon, ces petites sensations.
Ça vaut mieux qu*'un million,*
Tell'ment, tell'ment c'est bon.

Vous devinez quel bonheur est le nôtre,
Et si je l'aime, vous comprenez pourquoi.
Elle m'enivre et je n'en veux plus d'autres
Car elle est toutes les femmes à la fois.
Elle me fait : « Oh ! » Elle me fait : « Ah ! »
C'est si bon
De pouvoir l'embrasser
Et puis d'recommencer
À la moindre occasion.
C'est si bon
De jouer du piano
Tout le long de son dos
Tandis que nous dansons.

C'est inouï ce qu'elle a pour séduire,
Sans parler de c'que je ne peux pas dire.
C'est si bon,
Quand j'la tiens dans mes bras,
De me dire que tout ça
C'est à moi pour de bon.
C'est si bon,
Et si nous nous aimons,
Cherchez pas la raison :
C'est parce que c'est trop bon,
C'est parce que c'est si bon,
C'est parce que c'est trop bon.

Proposée au mois d'octobre suivant à un fringuant chanteur en vogue, le jeune Yves Montand, la chanson n'est pas ajoutée au répertoire qu'il interprète au Théâtre de l'Étoile, sans qu'on ne sache alors bien pourquoi – il en fera un succès l'année suivante, et réenregistrera même le morceau une seconde fois, quelque quinze ans plus tard, en 1964, après que la chanson a fait le tour du monde.

L'année 1947 se termine et « C'est si bon » n'est donc toujours pas enregistré. Seul Henri Betti joue sa composition en ouverture de ses services au distingué restaurant niçois « La réserve ». Son éditeur Roger Seillier, de la maison Paul Beuscher, lui propose début 1948 une alternative à Montand en la personne de Jean Marco, le chanteur-vedette de l'orchestre de Jacques Hélian. C'est un pis-aller qui ne ravit pas franchement Betti, mais cela permet effectivement de tester le morceau à la radio, ce qui est tout de même plus intéressant que le public d'une salle de restaurant, tout élégant qu'il soit. Le 18 janvier 1948, le « Programme parisien » de la Radiodiffusion française diffuse une première, charmante, version enregistrée de la composition signée Betti/Hornez. Lucien Jeunesse suivra dès le mois suivant, puis ce seront les sœurs Etienne le 5 mai, deux jours à peine avant que Montand ne corrige son initiale erreur.

Le 18 février 1948, un mois jour pour jour après sa première diffusion radiophonique, Columbia sort le 78 tours « C'est si bon » interprété par Jacques Hélian et son orchestre, Jean Marco au chant. « Au Chili » en est la face B, musique et paroles de Loulou Gasté, déjà alors follement épris de Line Renaud, mais c'est là une autre histoire, et d'ailleurs la nôtre se poursuit non pas au Chili, mais aux États-Unis.

***

La Nouvelle-Orléans, 4 août 1901

Y avait un homme qui s'appelait Sidney Story. Sur l'unique photographie qu'on a de lui, il n'a pas l'air bien vieux, la quarantaine, moins peut-être. Le front dégagé, contrastant avec les tempes encore bien garnies, portant la barbe, et le regard au loin. On ne sait si le cliché date de 1897, l'année où par naïveté ou cynisme, un coup du destin ou de génie, l'échevin porte au conseil municipal de La Nouvelle-Orléans un projet de loi visant à interdire la prostitution au-delà d'un district bientôt rebaptisé par le reste de la ville, puis du monde, par son nom : Storyville. Un décret ne légitimant pas cette activité – comment cela aurait-il pu être ? – mais l'autorisant de fait dans ces seize blocks, à peu près autant d'hectares, encadrés par les rues North Robertson, Iberville (bientôt renommée Customhouse), Saint Louis et Basin, limites « à l'extérieur desquelles, à compter du 1er octobre 1897, il sera interdit à toute prostituée publique ou femme notoirement abandonnée à la lubricité d'occuper, habiter, vivre ou dormir dans toute maison, pièce ou réduit ».

Il y avait, semble-t-il, urgence à assainir ce qui était alors la douzième ville la plus peuplée des États-Unis, une capitale déchue depuis peu, une cité de triste réputation depuis sa création. Pas tant alors pour son rôle de tout premier plan dans l'esclavage que pour son immoralité, de notoriété mondiale depuis le début du 18e siècle. Dès lors, en effet, quelques centaines de filles, dites « de la cassette » en raison du maigre trousseau que leur offrait la Royauté en contrepartie de leur futur, avaient dû être envoyées depuis la France pour pallier le problématique déséquilibre démographique. Ces orphelines, ces prostituées ne suffirent pas : on dut recourir au « plaçage », en autorisant les mâles blancs à prendre pour concubines, parfois en plus de leur régulière, des esclaves noires. Ce n'est pas ce qui manquait : dans le même temps, des dizaines de milliers de Toucouleurs, Wolofs et autres Bambaras avaient été acheminés, nus et enchaînés en fond de cale, depuis le Sénégal et le Mali, avant d'être vendus et exploités dans les champs de coton du Delta. La pénurie de sexe féminin était telle que l'on en vînt également à fermer les yeux sur les unions avec les quelques Indiennes Chicachas ou Chactas trouvées sur place, aux mœurs, de fait, peu catholiques…

Une ville de près de 250 000 âmes au tournant du siècle, dont les deux tiers noires, grandement appauvrie par la guerre de Sécession, socialement instable : en mars 1891 le lynchage de onze Italiens, au sein même de la prison qui les détenait, par des milliers d'émeutiers avait frappé les esprits de part et d'autre de l'Atlantique, quoique de façon dissonante : les protestations romaines n'avaient fait qu'exacerber sur le nouveau continent le racisme galopant contre ce peuple de mafieux. Au quotidien, une pègre haute en couleur, répondant aux noms évocateurs de Jack the Bear, Bad Blood, Sneaky Pete, Boar Hog (immortalisé par Jelly Roll Morton dans une de ses compositions pour avoir abattu le « bad, bad man, baddest man ever was in this land », Aaron Harris, lui-même assassin de ses deux frères, le second parce qu'il critiquait leur pute de sœur), et côté filles, Coke Eyed Laura, Buck Tooth Rena, Big Bull Cora, Big Butt Annie… battait le pavé, jonché de détritus, où grouillaient continûment rongeurs et vermines. Oui, il fallait des fonds neufs pour redorer le blason de ce qui était il y a à peine cinquante ans la plus grande ville du Sud, la troisième du pays, le quatrième port mondial ! Il fallait attirer investisseurs et touristes… sans perdre pour autant la manne que constituaient la prostitution, le jeu et la vente d'alcool.

En 1899, un rapport contresigné par MM. Walter C. Flower (un des émeutiers et assassins de mars 1891 *by the way*) et Dexter S. Gaster, respectivement maire et chef de la police de La Nouvelle-Orléans, recense deux milles prostituées officiant dans deux cent trente bordels, cabarets et cabines de Storyville.

Dans sa volonté sinon d'anéantir le vice à La Nouvelle-Orléans, du moins de le circonscrire à un quartier rouge comme dans d'autres ports célèbres, notamment européens qu'il étudia avec grande attention, Sidney Story dut composer avec quelques poids lourds. Thomas C. Anderson, principal maquereau de la ville *et* sénateur de l'État de Louisiane, est le plus célèbre d'entre eux. L'Irlandais aux rousses moustaches, longues, épaisses et fournies, avait, rapporte-t-on, de nombreuses et précieuses connexions dans la police, et ce depuis que jeune colporteur du Daily Picayune, il utilisait ses vifs yeux bleus pour repérer, puis dénoncer les planques des innombrables malfrats locaux. Un temps dealer de cocaïne et d'opium, bookkeeper pour la Louisiana Lottery Company, il jette à trente-cinq ans son dévolu sur la restauration. Il ouvre coup sur coup deux bars, sur North et South Rampart street, vite populaires auprès des puissants de ce monde-là, et du demi-monde qu'il dominait. Protégé par la police locale, il est aussi bien informé : il s'offre, un an avant l'ordonnance de Sidney Story, un troisième saloon, le Fair Play. Où ? À l'angle de Basin et Customhouse streets. Il s'associe alors avec Josie Arlington, maquerelle du Château Lobrano d'Arlington, sis au 172 Customhouse street. Quatre étages luxueusement décorés pour dix à vingt filles, triées sur le volet pour participer à tout type de jeux, publics ou privés, offerts à la clientèle aisée que comptait et accueillait la Cité du Croissant. Le Fair Play saloon, qui devient alors the Arlington Annex, les accueillera après l'incendie qui ravage en 1905 l'illustre bâtiment à la coupole en forme de tulipe.

La forme de la coupole importe : le Mahogany Hall voisin l'avait pointue. Il accueillait les populaires octavonnes de la pittoresque Lulu White. Prostituée tapageuse à son arrivée à La Nouvelle-Orléans depuis son Alabama natal, à moins qu'elle fût originaire des Indes occidentales comme elle le prétendit toute sa vie, et n'eût par conséquent « une seule goutte de sang nègre dans les veines »[2], elle se fit arrêter suffisamment souvent pour bien connaître, et se faire apprécier, de nombreux officiers. Avant d'imposer progressivement dans le quartier sa personnalité et sa maison, toutes deux surchargées de décorations plus extravagantes les unes que les autres. Sa perruque rouge vif, ses bijoux sur chaque doigt (pouces compris), ses bracelets sur les deux bras, son collier de diamants et sa broche en forme d'alligator concourraient selon divers témoignages à faire perdre la tête à nombre de ses clients, plus encore que ses obséquieuses manières, son champagne français, les chandeliers et les miroirs qui meublaient

2 in « Storyville, New Orleans », Al Rose, The University of Alabama Press, remarquable travail dont est issue la majeure partie des informations reportées dans ce chapitre sur le « Tenderloin » de La Nouvelle-Orléans.

chacun des quinze lits de sa célèbre maison, la dernière du quartier à être démolie, quelques années après avoir été fermée, avec le reste du quartier, au début de la Première Guerre mondiale.

Nous n'en sommes pas là. Revenons, s'il vous plaît, au « Maire de Storyville », au tournant du siècle. Après l'irascible Josie Arlington, Monsieur Anderson s'entiche de sa voisine sur Basin Street, Hilma Burt, Madame de la luxueuse Flo Meker's place. Objets d'art et bibliothèque érotique, filles en tenue de bal et lingerie française à qui l'on interdit de jurer et boire, un piano derrière lequel opère pendant un certain temps le jeune Jelly Roll Morton[3], ébahi de gagner autant d'argent, si aisément (les passes, boissons et pourboires pratiqués dans ces lupanars étaient sans comparaison possible avec les tarifs en cours dans les cabanes voisines, petits taudis de bois, alignés comme des écuries dans

---

3 « Roulé à la confiture », soit vulve dans l'argot afro-américain de l'époque, est le prénom d'artiste de Ferdinand Joseph LaMenthe, ou LaMothe selon les sources, l'homme dont la carte de visite indiquait qu'il était « l'inventeur du jazz ». Éloquent est son témoignage sur le Storyville qu'il a connu, à peine adolescent, au tournant du siècle : « Les rues étaient remplies d'hommes. Il y avait toujours des policiers en vue, jamais moins de deux ensemble, à s'assurer que tout était sous contrôle. Des lumières de toutes les couleurs éblouissaient les passants. De chaque maison provenait de la musique. Des femmes se tenaient debout dans l'embrasure des portes, chantant ou psalmodiant des airs de blues – certaines très contentes, d'autres, très tristes, d'autres encore désireuses d'en finir par n'importe quel poison (…). Il y avait de vraies dames, en dépit de leur chute, et d'autres n'étaient que des soûlardes ou des junkies – opium, héroïne, cocaïne, laudanum, morphine, etc. »

les rues adjacentes, où pour quelques cents, on pouvait également boire et tirer un coup).

Ces acquisitions faites, il s'agit alors pour M. Anderson et ses bonnes amies d'attirer le chaland, le fortuné venu pour les réputées courses de chevaux plutôt qu'un de ces innombrables marins aux bourses vite vides, déversés quotidiennement par l'Océan et le Mississippi : ainsi naquirent les « Blue Books ». Les premières lignes du premier numéro, financé comme les suivants par vous-avez-deviné-qui, sont les suivantes : « À quoi ça sert de vivre si on ne peut pas voir de bon temps, ou comme le dit le proverbe : vivez pendant que vous en avez la chance, vous serez mort longtemps ». Mais pour ce faire, mieux vaut être éclairé, non ? Avouez qu'il fallait y penser : publier un guide de Storyville ! Ne pas se contenter des articles signés par le très renseigné « Bas Bleu » sur les filles du quartier, ni des publicités pour les meilleures adresses où sortir, publiés chaque semaine dans le Mascot et le Sunday Sun. Non, créer plutôt son propre média, le diffuser à des milliers d'exemplaires (il en reste hélas peu aujourd'hui : ces publications étaient l'autre chose de La Nouvelle-Orléans que l'on ne souhaitait pas ramener chez soi…) le vendre dans quelques saloons, chez le barbier, ou le remettre gracieusement aux touristes à leur arrivée en ville. Des revues de cinquante à cent pages environ – il y en eût cinq numéros entre 1898 et 1915, en plus de celui que Lulu White fit publier exclusivement pour le Magohany Hall, et de quelques ersatz : le Lid, le Hell-o, le Sporting Guide, le Red Book…

Une sorte de fanzine, facile à mettre en poche, détaillant chaque maison, présentant en quelques lignes chaque prostituée. Précisant d'une lettre en marge de leurs noms, leurs adresses et les numéros de téléphone où les joindre, sans oublier quelques caractéristiques essentielles : « W for White, C for Colored, Oct. for Octoroon, J for Jew ».

Les « French houses » étaient réputées pour les fellations qui y étaient pratiquées.

Il n'y a pas de nom pour celles où pouvaient être consommées ensemble mère et fille.

***

Voilà pour Storyville. Enfin, le Storyville downtown. Il y en a un autre, uptown ou « black » Storyville. Délimité par Perdido, Locus, Franklin et Gravier streets. Le « Battlefield », là où « les types les plus teigneux de la ville habitent, se battent et s'y canardent à qui mieux mieux », repère de « gens d'église, joueurs, flambeurs, maquereaux à la petite semaine, voleurs, prostituées et nuées d'enfants ».

La maman a alors quinze ou seize ans. Fille d'esclaves d'une plantation voisine, elle y tapine. Le père les abandonne peu après, revient deux ans plus tard ajouter une petite fille à la famille Armstrong.

Il faut lire la partielle autobiographie du Roi du Jazz, « Ma vie à La Nouvelle-Orléans », plonger dans cette enfance passée entre maison de redressement pour garçons de couleur et honky tonks, coups de feu et combats au surin, bitures homériques et parties de jambes en l'air expertes, essayer de comprendre comment et pourquoi le génie frappe là et pas ailleurs.

Miles Davis : « Vous ne pouvez rien jouer sur une trompette que Louis n'ait pas joué avant. »

Il faut lire la partielle autobiographie du Roi du Jazz, puis chercher ailleurs ce qu'il est occupé à faire dans la période qui est ici la nôtre, entre les étés 47 et 50, entre la promenade niçoise d'Henri Betti et l'enregistrement new-yorkais de sa composition, qui métamorphose une ritournelle gauloise en standard international.

1947 marque une nouvelle mue du musicien. La période n'est plus aux grands orchestres, trop coûteux en cet immédiat après-guerre. Aussi Armstrong réunit-il autour de lui quelques pointures de basse et batterie, piano, clarinette et trombone : ainsi naît le All Stars, sextet dont la composition variera sporadiquement dans les années qui suivront. Les dates s'enchaînent : Billy Berg's, Carnegie Hall, New York Town Hall, Chicago Civic Opera, Boston Symphonie Hall… On peut aussi l'entendre à la radio, découvrir sa vie dans les premières biographies qui lui sont consacrées, le voir à la télévision, au cinéma même, dans « Nouvelle Orléans ».

Le film, réalisé par Arthur Lubin, auteur par ailleurs de quelques Abbott & Costello, relate la chute, à La Nouvelle-Orléans, et l'ascension, à Chicago, d'un propriétaire de casino, Nick Duquesne, le « King of Basin Street » devenu propriétaire de clubs de jazz. Sa cave néo-orléanaise abrite Satchmo (c'est aussi son nom dans le film) et certains de ses acolytes dans la « vraie vie », présentés un à un dans une émouvante et précieuse scène inaugurale : Charlie Beal au piano, Zutty Singleton à la batterie, Barney Bigard à la clarinette, Red Callender à la contrebasse, Bud Scott à la guitare et Kid Ory, le mythique Kid Ory, au trombone. *Last but not least*, il est accompagné au chant d'une soubrette dans le film, l'éblouissante Billie Holiday, pour son unique prestation cinématographique. (Voyez s'il vous plaît « Do you know what it means to miss New Orleans » qu'elle interprète dans une des premières scènes, et revenez à vous, à nous). Exilé à Chicago après la clôture de Storyville, Duquesne lance différents clubs à travers le pays, créé autour de son protégé un jazz-band qui s'y produit, ici et là, et même au-delà de l'Atlantique, jusqu'au Trianon de Paris ! Tout est bien qui finit bien : les couples un moment séparés se retrouvent – Billie et Louis, mais aussi et surtout Nick et Miralee, une jeune chanteuse lyrique, blanche et blonde. Leur fade intrigue sentimentale sous-tend le véritable propos du film, l'acceptation, ou plus exactement l'appropriation, par le bourgeois public blanc de cette populaire musique noire : le film se conclut même par une effroyable reprise par un orchestre, intégralement constitué de visages pâles, du « Do you know what it means to miss New Orleans » que nous avions tant aimé précédemment…

En 1947, Louis Armstrong est partout. Lorsque sa santé inquiète – il souffre de polypes aux cordes vocales –, on l'hospitalise pour un check-up, qui ne semble freiner qu'un instant son activité débordante, et l'intense attention dont il est l'objet.

Ainsi, lorsque l'année suivante il s'envole pour la France, est-il interviewé avant, pendant, après son voyage… Oui, pendant son voyage. Alors qu'on aimerait l'imaginer goûter un peu de quiétude, confortablement installé dans un des larges fauteuils en cuir marron du Constellation, occupé par exemple à admirer les bulles de son champagne prendre l'éclatante lumière du soleil qui entre par le large hublot, au-delà des nuages, l'esprit peut-être déjà un peu dans les vapes après l'herbe consommée juste avant de partir, dans les toilettes de La Guardia… Mais imaginer cela, c'est faire fi du quotidien de Louis, de tout ce que son manager organise pour et autour de son poulain, pas toujours pour le meilleur, jamais non plus pour le pire. Quand on mesure d'où il est parti, là-bas, tout en bas, et où nous le trouvons aujourd'hui, concrètement et métaphoriquement au plus haut, on serait mauvais coucheur à trouver à redire de cette gestion de carrière. Il n'empêche, cette vie-là aussi est parfois éreintante, et un peu de paix, surtout si elle est accompagnée de champagne et de mets français, délasserait parfois utilement notre héros.

Pendant ce temps, à Long Island, au sein d'un des aéroports new-yorkais, Roger Goupillère est installé avec son équipe de la Radiodiffusion française. Il y a assisté au petit matin au décollage de l'avion iconique – 38 mètres d'envergure, 29 mètres de longueur, un poids de 45 tonnes ! – reconnaissable entre mille avec sa triple dérive, ses quatre moteurs en étoile, son fuselage en forme de dauphin. L'instrument du pont aérien de Berlin, celui avec lequel Howard Hugues a relié Burbank en Californie à Washington D.C. en six heures et cinquante-sept minutes, l'avion présidentiel américain… L'appareil qu'Air France a affrété pour Satchmo et ses Stars afin de les porter, eux et un autre invité du premier festival international de jazz, prévu à Nice dans trois jours, en la personne de Milton Mezzrow. Le projet de Roger : réaliser un duplex avec Louis Armstrong, lui parler, l'entendre jouer si possible, au-dessus de l'Atlantique ! Ce que personne avant lui, avant eux, n'a fait… Ainsi soit-il : on dérange Pop. Il se lève, sans ciller, de son siège, titube un peu, et puisqu'il a défait ses chaussures, rejoint en chaussettes, noires sur l'épaisse moquette bleu sombre, le cockpit où l'attend le pilote du vol SBAZJ. La liaison a été établie, Mezz a déjà pu échanger deux mots avec notre reporter, c'est au tour de Satchmo de s'extasier sur le vol (« Wonderful, wonderful ! » sont alors ses seuls mots). Puis de bonne grâce, ou de guerre lasse, s'exécuter : il joue, accompagné de Bigard et Teagarden, devant un Mezzrow ébahi et déjà gris, ce que l'on devine être « Dippermouth blues ». Cela ne dure qu'un instant, épatant, émouvant, édifiant.

La French Riviera. Nice. Son Opéra, son Casino ; l'hôtel Negresco pour la soirée finale. Le Roi du Jazz est la tête d'affiche de ce premier festival international dédié à la musique dont il est, sinon l'inventeur, le meilleur ambassadeur. Du 22 au 28 février, Hugues Panassié a programmé, outre nos passagers du Constellation, Rex Stewart, Derek Neville, Jean Leclerc, Francis Burger et Claude Luter. Django Reinhardt, invité de dernière minute, fera une apparition le soir de clôture. Le Président de la République française, Vincent Auriol, profite de l'occasion pour faire remettre à Satchmo un vase de porcelaine de Sèvres ; c'est Yves Montand, souriant sur les photographies qui témoignent de l'événement, qui officie. Les sessions de Louis Armstrong and the All Stars durant cette semaine sont toutes pareilles, toutes différentes. L'ordre dans lequel l'orchestre, efficace, énergique, expert, joue les morceaux peut changer, les morceaux pas vraiment. Le Roi apparaît en grande forme.

Paris le voit jouer les jours suivants, les 2 et 3 mars, salle Pleyel. De retour aux États-Unis, il se produit à New York puis à Philadelphie, tourne d'autres films, dont un avec Howard Hawks, « A song is born (Si bémol et fa dièse) » que le réalisateur, à qui il a été demandé de « ne pas mettre les musiciens blancs trop près des noirs », jugera « déplorable d'un bout à l'autre ».

À l'en croire, l'année 1949 voit le rêve de sa vie se concrétiser. Non pas avec l'audience par le Pape Pie XII – à qui il aurait indiqué ne pas avoir d'enfant avec Lucille, sa quatrième et dernière épouse, mais non faute d'essayer… Pas davantage avec la couverture du Time, première de l'illustre hebdomadaire présentant un Afro-Américain. Non : il est retenu pour être le Roi des Zoulous du Mardi gras de La Nouvelle-Orléans.

Grimé de noir, les lèvres et le pourtour des yeux grossièrement blanchis, on le voit ainsi sur diverses photographies, souriant sur son trône couvert d'aluminium, un sceptre à la main, parader sur le char phare du défilé, ses acolytes en pagne, tout autant maquillés, jetant aux spectateurs des noix de coco peintes, comme l'exige la tradition locale depuis presque quarante ans. Certains y verront un triste rappel de sa performance de 1932, dans le court-métrage « Rhapsody in Black and Blue », où les pieds et les chevilles dans une épaisse mousse de bulles de savon, affublé d'une peau de léopard sur son torse nu, coiffé d'une étonnante construction de paille dressée sur plus d'un mètre de haut, il chante et joue pour un Roi le morceau « Shine » :

« Cause my hair is curly
Just because my teeth are pearly
Just because I always wear a smile
Like to dress up, in the latest style

"Cause I'm glad I'm livin"
I take these troubles all with a smile

Just because my color's shady
That's the difference, maybe, why they call me

Shine, sway your bluesies
Why don't you shine? Start with your shoesies
Shine each place up, make it look like new
Shine your face up, I want to see you wear a
smile or two

Why don't you shine your these and thoseies?
You'll find everything's gonna turn out right fine
Folks will shine up to ya', everybody's
gonna howdy doody do-ya'
You'll make the whole world shine,
oh chocolate drop, that's me. »

Entre ces événements, Louis Armstrong enchaîne les émissions télévisées ou radiophoniques, continue de flirter avec le cinéma. Fait quelques dates américaines, une courte et intense tournée automnale en Italie, joue à Paris, Lyon, Marseille et Bordeaux chaque jour de la première semaine de novembre.

Ces années sont aussi celles où le FBI commence à le surveiller. Lui, l'Oncle Tom du jazz comme le considèrent certains de ses détracteurs, lui dont les serviles rôles au cinéma agacent, lui dont les rires à pleines dents et les grimaces perpétuelles exaspèrent (Miles Davis en particulier : « Malgré mon amour pour Dizzy et Louis “Satchmo” Armstrong, j’ai toujours eu horreur de leur façon de rire et de sourire au public. Je sais *pourquoi* ils le faisaient – pour faire de l’argent et parce qu’ils étaient des *entertainers* autant que des trompettistes. Ils avaient des familles à nourrir. Et puis ils aimaient faire le clown. Ils étaient comme ça. Je n’ai rien à dire si c’était leur volonté. Mais *je* n’aimais pas ça, et je *n’avais pas* à l’aimer. Je viens d’une classe, d’un milieu social différent, et je suis du Midwest – eux, ils sont du Sud. Nous portons un autre regard sur les Blancs. J’étais plus jeune qu’eux aussi, je n’avais pas à endurer les mêmes choses pour me faire accepter dans l’industrie musicale. Ils avaient déjà ouvert beaucoup de portes que des gens comme moi n’avaient plus qu’à passer. ») Lui qui jamais ne semble remettre en cause l’ordre blanc établi : Je n’ai jamais oublié le conseil que m’avait donné un ancien de La Nouvelle-Orléans. « Aie toujours un bon Blanc dans ta manche, fils, un homme qui puisse te prendre sous sa protection quand tu auras des ennuis, et qui puisse dire : *Ce nègre est à moi* ». Lui dont il faut attendre le 56e anniversaire pour qu’il interpelle le Président des États-Unis d’alors, Dwight D. Eisenhower, menace d’annuler le voyage organisé en U.R.S.S. par le Département d’État, s’en prenne vertement au gouverneur de l'Arkansas (que Charles Mingus achèvera par la suite de faire entrer dans l'histoire du jazz avec le morceau « Fables of Faubus »), ce afin que neuf négrillons, six filles et trois garçons, puissent accéder au principal lycée, blanc, de Little Rock.

1950 démarre sur le même rythme. Puis, le 26 juin, Dippermouth, comme pris d'une soudaine francophilie, enregistre à New York avec l'orchestre de Sy Oliver un 78 tours : « La vie en rose » en face A, « C'est si bon » sur la B.

***

Nice, 28 février 1948

Tous les avis concordent sur le fait que Suzy Delair avait un caractère bien trempé. De là à dire qu'elle n'a pas beaucoup composé pour interpréter Germaine Pivert, épouse de Victor Pivert joué par Louis de Funès dans « Les aventures de Rabbi Jacob », il n'y aurait qu'un pas, que nous ne franchirons pas, n'ayant jamais eu l'opportunité de rencontrer l'actrice, qui s'est éteinte à Paris, dans le seizième arrondissement, le 15 mars 2020.

Rembobinons. Sans aller cent deux ans en arrière, jusqu'au 31 décembre 1917 où elle naît dans le 18e arrondissement parisien, d'une mère couturière et d'un père sellier-carrossier, ni même jusqu'en 1941 ou 1942 lorsqu'après des années de cabaret, elle connaît ses premiers succès cinématographiques (« Le dernier des six », « L'assassin habite au 21 ») avec son amant d'alors, Henri-Georges Clouzot. Arrêtons-nous à leur troisième, et dernière, collaboration, en 1947, pour le « Quai des Orfèvres ». Prix international de la mise en scène au festival de Venise l'année de sa sortie, le film brille également grâce au talent de ses acteurs principaux, Louis Jouvet et Bernard Blier tous deux ici impeccables, l'un en enquêteur acerbe, l'autre en jaloux fébrile, surclassant de notre point de vue les protagonistes féminins au charme suranné, Simone Renant et Suzy Delair. Concentrons-nous sur cette dernière – Jenny Lamour est l'étrange nom de son personnage dans le film – qui profite de la scène inaugurale pour obtenir un considérable succès national. Elle y joue de ses charmes en interprétant le fripon « Avec son tralala » qui dans la France d'immédiate après-guerre fait un tabac.

Extrait :

Avec son tra-la-la,
Son petit tra-la-la,
Ell'faisait tourner toutes les têtes.
D'un coup de tra-la-la,
Ell'faisait tra-la-la,
Et chacun rêvait d'être dans ses bras.
Ce qui les troublait à l'extrême,
Et les rendait fous de désir,
C'était pas la chose en elle-même,
C'était la façon d's'en servir…

Cette ouverture est considérée comme un joyau du cinéma français. Mais plutôt que de disséquer l'audacieuse mise en scène de ce premier chapitre, durant lequel lieux et tenues changent tout au long de la chanson que l'actrice découvre, puis travaille, enfin interprète sur scène devant un public bigarré et ravi, focalisons-nous sur le réjouissant décalage entre la sophistication de sa tenue, celle qu'elle porte sur scène après que nous l'avons vue emmitouflée dans des fourrures, ou couverte d'une sage robe noire en son intérieur, et la paillardise de son verbe, et de la gestuelle, qui l'accompagne.

Partons du bas si vous le voulez bien, même si clairement ce n'est pas là où nos yeux sont invités à se poser. D'ailleurs, on ne distingue ses chaussures que lorsqu'elle se déhanche au moment du refrain ; elles sont le reste du temps couvertes par les franges de sa jupe. Une pièce métallique rectangulaire, brillante, semble les fermer au-dessus du pied tandis qu'à l'arrière, des talons conséquents lui permettent de frapper le sol suffisamment fort pour qu'on entende comme des claquettes en accompagnement des « ay, ay, ay » du dernier couplet – ses mouvements de « tralala » sont eux ponctués des battements d'une grosse caisse… De face, seules les pointes de ses souliers apparaissent donc sous les franges de la jupe de satin, dont on ne peut connaître la couleur dans ce film en noir et blanc, mais que nous imaginons chaude, rouille peut-être, marquée de fins motifs pied-de-poule sombres qui la parcourent verticalement, à espaces réguliers. Si le pouf de plumes sur son arrière-train n'a pu nous échapper, nous ne comprenons pas en revanche comment ce morceau de tissu est coupé. Qui saurait nous expliquer par quel prodige il se présente ainsi, droit de face, plié sur le bas-ventre, échancré sur l'arrière ? Quelle affaire que cette étoffe qui couvre tout, masque même sous une protubérance à plumes le thème de la chanson, et dont on devinc pourtant qu'elle ne doit pas être difficile à dégrafer, pour autant que l'on parvienne à repérer où, et comment, cette jupe s'attache et se détache, pour tomber, on imagine d'un coup d'un seul, sur le sol, dévoilant subitement l'anatomie tant convoitée, si longtemps reluquée ? Tandis qu'elle chante et danse, les franges prennent la lumière, soulignent la périphérie de cette diabolique folie, sans rien montrer de cette fermeture dissimulée, celle qui fracturée révélera ses secrets et trésors.

Tombé ce masque, rien ne pourra plus cacher ventre et jambes puisqu'au-dessus l'actrice ne porte qu'un corset sombre, raisonnablement échancré, une pièce de velours brodé, arrondie au-dessus des seins, qu'elle a plutôt menus au regard de ses hanches, mais dont l'existence est soulignée par un peu de dentelle, au-dessus de ce que nous croyons être une ligne de strass, en extrémité du tissu qui les couvre. Et par un bijou scintillant, fiché là, entre les deux monticules.

Un autre bijou, plus petit, marque son cou que serre une lanière noire. Sa gorge et ses avant-bras sont dénudés, et de longs gants noirs couvrent bras et mains. Une bague orne son auriculaire droit, par-dessus le gant ; la main gauche tient un éventail, seul accessoire retenu pour évoquer le caractère sévillan de la propriétaire du fameux « tralala ». Dans sa chevelure châtain clair, confuse entre mèches torsadées et masse reportée sur le haut du crâne par un large peigne plat sur l'arrière, quatre volumineuses marguerites blanches viennent sur le côté droit du visage apporter la touche de candeur hypocrite qui manquait au tableau (une cinquième, plus petite, est attachée sur le devant de la jupe, juste au-dessus de la frange, légèrement excentrée sur la droite).

Jacques Fath est l'auteur de l'enchanteresse tenue, Francis Lopez signe la musique et André Hornez le texte de cet étonnant succès musical.

André Hornez ? Le parolier de « C'est si bon » ? Absolument, et c'est d'ailleurs lui qui propose ce morceau à Suzy Delair, alors qu'invitée à participer à la clôture du 1er festival international de jazz, à Nice, elle doit se constituer un tour de chant. Haut patronage de la Présidence de la République française, du ministère des Affaires étrangères et du secrétariat d'État à elle ne sait quoi, des diffusions radiophoniques en France et dans une dizaine d'autres pays, sur la Côte d'Azur pour couronner le tout, vraiment, quelle aubaine ! Elle s'approprie fissa le morceau, et le 28 février 1948, peu vêtue dans une de ces robes de soirée griffées qu'elle aime tant à porter, l'interprète dans le majestueux hall de l'hôtel Negresco.

Il n'existe aucun enregistrement de sa version ni ce jour-là, ni avant ni après. A-t-elle alors loupé le coche ? Que valait son interprétation ? Pas grand-chose selon Daniel Lesueur qui rapporte sur culturesco.com une répétition houleuse, une prestation « sans entrain, figée », critiquée même par le chef d'orchestre Aimé Barelli… Boris Vian qui chronique le Festival dans la revue Jazz Hot n'évoque rien du tour de chant de l'actrice en particulier, mais considère que « de tous ceux qui se trouvaient là, seuls méritaient vraiment d'y être Armstrong et sa formation (…) et pour la France, Claude Luter. Les autres sont bien gentils mais cela ne suffit pas ».

Ou était-elle au contraire suffisamment intéressante pour qu'elle séduise immédiatement la Star de ce premier festival niçois, Mister Louis Armstrong ? C'est la version que naturellement rapporte Suzy Delair à France Inter des années plus tard, décrivant

Pops enthousiaste voulant s'emparer du morceau : « Marvellous ! It's for me ! I take, I take ! »...[4]

Mais peut-être que son interprétation n'y est pour rien dans le coup de foudre du jazzman américain pour la mélodie composée à peine huit mois plus tôt par Henri Betti, peut-être est-ce la chanson et non le chanteur qui compte ici ? Même si l'on peine à crier au génie en décortiquant cette mélodie à quatre temps, sans grande complexité dans sa composition, lui reconnaissant quand même un fameux rythme, avec ses anacrouses et variations tout au long de la partition. Une jolie chansonnette, sans grande prétention, en rien sublimée par le texte dont on l'a affublé...

Suzy Delair n'aura plus d'occasions d'occuper le devant de la scène. Quelques opérettes, quelques apparitions au cinéma mais rien de comparable au « Quai des Orfèvres ». Des émissions de radio lui sont dédiées, des hommages, pour ses disques ou ses films, lui sont rendus par l'Académie du disque lyrique ou la Cinémathèque française, et diverses décorations remises : Officier de l'Ordre national du Mérite,

---

4 in Les cent ans de Suzy Delair, France Musique, 30 décembre 2017. Elle indique également en avoir informé Henri Betti par téléphone le soir même... lequel raconte dans son autobiographie n'avoir eu connaissance de l'intérêt de Louis Armstrong pour sa composition qu'après avoir entendu incidemment sa reprise à la radio en 1950.

Officier de la Légion d'honneur, Commandeur de l'Ordre des Arts et des Lettres. Lorsqu'elle s'éteint début 2020, la presse nationale au complet salue la carrière, et le caractère, de la doyenne du cinéma français.

Il n'est pas d'article sur Suzy Delair qui omette sa participation, souriante à en voir les images, filmées pour les Actualités mondiales et photographiées pour les neuf articles que consacre la revue hebdomadaire Ciné-mondial à l'événement, ce honteux voyage de mars 1942 qui l'emporte, elle et cinq autres vedettes françaises, à Berlin, Munich et Vienne. Au programme de ces deux semaines vouées à célébrer la collaboration entre les deux pays : des visites de studios, une rencontre avec des prisonniers français, une soirée à l'opéra et des dîners… De celui chez le Docteur Goebbels, celui dont Pierre Heuzé écrit : « Ce n'est pas en quelques lignes hâtives que je pourrais décrire cette visite, cette réception, nos confidences, nos élans, voire notre intimité soudaine et nos silences et la densité des heures qu'on ne saurait mesurer avec nos médiocrités quotidiennes (que nous avons trop tendance à prendre pour de grandes passions). » Il est rapporté en plusieurs endroits que Suzy Delair fut fort marrie de ne pas avoir été présentée au maître des lieux.

***

New York, 26 juin 1950

Il suffit. Jean, Lucien et Yves, les sœurs Etienne, la Suzy peut-être aussi… tout cela est fort sympathique mais si l'on veut que le morceau d'Henri Betti renverse la table, il faut s'y prendre autrement. Si l'on veut goûter au plaisir que décrit le titre, il faut arrêter les minauderies, se montrer plus entreprenant, et conquérir. Exit les roucoulades. Finie la bleuette, voici la trompette ! L'arme de cette révolution, l'instrument comme une excroissance tonitruante du corps masculin, tour à tour sensuelle et rutilante. La voix, même si plus virile, et originale, que toutes les précédentes, peut continuer de susurrer des niaiseries – le moins possible, on arrête les billevesées, « A little less conversation, a little more action » chantera un autre révolutionnaire quelques années plus tard. Ce qui est en jeu ici est exprimé autrement, également avec la bouche, également avec les lèvres (et quelle bouche ! et quelles lèvres !) mais un autre souffle.

La traduction anglaise, que l'on doit à Jerry Seelen, est infidèle au texte d'Hornez :

C'est si bon

Lovers say that in France

When they thrill to romance

It means that it´s so good
C'est si bon
So I say to you
Like the french people do
Because it´s oh so good

Every word, every sigh, every kiss, dear
Leads to only one thought
And the thought is this, dear!
C'est si bon
Nothing else can replace
Just your slightest embrace
And if you only would
Be my own for the rest of my days
I will whisper this phrase
My darling, my darling...
C'est si bon !

D'une confidence intime, partagée avec le monde extérieur (« *Vous devinez quel bonheur est le nôtre / Et si je l'aime, vous comprenez pourquoi. [...] C'est inouï ce qu'elle a pour séduire / Sans parler de c'que je ne peux pas dire.)* on est passé à un dialogue entre amants » (*« So I say to you / Like the french people do / Because it's oh so good (...) And if you only would / Be my own for the rest of my days / I will whisper this phrase / My darling, my darling /» "C'est si bon »).* Est-ce cela que Satchmo saisit du morceau qu'il vient enregistrer ce jour-là ? *Horny* Louis ?

Plus de deux ans après la folle soirée passée au Negresco, presque trois après l'arrêt impromptu d'Henri Betti devant un magasin de lingerie niçois, en juin 1950, le 26 précisément, à New York comme sur une autre planète, Louis Armstrong transforme l'air guilleret d'un séducteur ravi (post-coïtum, animal gai) en une irrésistible parade nuptiale (si nous osions, nous vous parlerions de tension). On entre dans le morceau par une fracassante trompette (l'aiguillon de notre désir, levons d'emblée toute ambiguïté). Puis contrebasse et batterie s'accaparent l'espace, discrètement (la traque avant l'assaut, le calme avant la tempête). La voix, rauque et rocailleuse, joue sa partition. Les cuivres réapparaissent par petites touches, puis hardiment, puissants et à découvert : les mots ont fait leur temps, on n'a plus besoin d'eux, on les congédie par un exquis « oui, oui ». La trompette et l'orchestre se pourchassent, s'enlacent. S'emmêlent, s'enchevêtrent. Ils s'arrêtent parfois un court instant, l'un puis l'autre, repartent de concert. L'instrument s'empare de sa proie, se déploie au-dessus d'elle, l'emporte de sommet en sommet. Reprend son envol, s'embrase, s'enflamme, irradié, consumant tout sur son passage. La chansonnette est devenue brûlot, aucune femme n'y résistera, les hommes adoreront.

Quel monde merveilleux.

***

Les rus

Sur la route entre Nice et Gênes, 29 février 1948

— *Sono pazzi' sti tizi* !

Il en a connu pourtant des jam-sessions qui duraient jusqu'à des heures indues, vous laissant ébaubis sur le trottoir au petit matin, l'air frais dissipant les effluves de votre haleine alcoolisée sinon l'odeur de tabac qui imprègne vos vêtements, des notes plein la tête, les bras et les jambes engourdis d'avoir tant vibré. Surtout là-bas, au pied des gratte-ciels, avec toujours un taxi jaune à portée de main pour vous ramener à l'hôtel, récupérer quelques heures avant la soirée suivante. Mais comme celle d'hier soir, rarement…

Bien qu'il ait peu dormi, avalé en vitesse un café bienvenu, accompagné d'un croissant encore meilleur que les brioches qu'il affectionne chez lui, Natalino Otto (de son vrai nom Natale Codognotto, né le jour de Noël 1912 à Cogoletto, sur la côte génoise) est ce matin d'une humeur radieuse. Il a bien fait, vraiment, de venir à ce premier festival de jazz, s'offrir une place malgré ce qui lui en a coûté. Lui qui pendant des années s'est évertué à introduire cette musique dans la péninsule, malgré l'État fasciste qui la jugeant dégénérée l'empêchait de la diffuser à la radio… Cette musique qu'il a découverte avant-guerre à New York, puis pratiquée alors qu'il officiait comme batteur, et même parfois chanteur, sur l'extravagant transatlantique Conte di Savoia, plus de trente traversées avant de revenir, pour de bon, *a casa*.

Oh, que n'a-t-il plus travaillé alors… Son jeu était sans comparaison possible avec celui de « Big Sid ». L'écoute dont ce dernier avait fait preuve tout au long du set de la veille était extraordinaire : sa frappe accompagnait l'orchestre avec une subtilité sans égale, ni trop forte, ni trop rapide, ni trop bavarde, ni trop discrète, toujours impeccablement juste. Alors que dans son souvenir, il n'avait jamais pu se concentrer suffisamment pour atteindre cette symbiose avec l'orchestre… Les conseils que lui avait prodigués Gene Krupa sur le sol américain l'avaient certes aidé à gagner en coordination, ainsi qu'en précision rythmique, mais Natalino s'était trop tôt contenté des effets que produisaient sur la croisière, à l'oreille pourtant inattentive, les sympathiques roulements de baguette qu'il s'autorisait, ou les sensuels frottements de balais qu'il préférait à tout autre chose lorsqu'il se produisait tout de blanc vêtu sous les ors du Grand Colonna Hall.

Cette folie néo-baroque pour laquelle on avait fait appel à la prestigieuse maison Coppedè n'était pas le seul espace du navire où le groupe divertissait les convives. Le Gran Bar, sis au centre du jardin d'hiver, espace circulaire surmonté d'une coupole en feuille d'argent, décorée de constellations scintillantes et de l'inscription de vers de Lorenzo il Magnifico[5], les accueillait également certains soirs, une fois le dîner servi et consommé dans la grandiose et raffinée salle à manger de la première classe. Mais lorsqu'il fermait les yeux et se remémorait des images de lui en jeune batteur, ce qui lui venait à l'esprit était ce vaste volume aux élégantes colonnes de marbre, aux parois ornées de multiples statues d'inspiration classique dont les lustres de cristal à proximité mettaient en valeur les proportions et les détails, les formes des visages et les

5 Quant'è bella giovinezza che si fugge tuttavia ! Chi vuol esser lieto sia, di doman non v'è certezza, leitmotiv du « Triomphe de Bacchus et Ariane ».

plis des toges, les bras nus des vestales et les visages autoritaires d'illustres tribuns. Voilà ce que goûtait alors Natalino : l'incongruité de ce luxe suranné au cœur d'un vaisseau que caractérisait par ailleurs la modernité de ses aménagements intérieurs, cet admirable équilibre fruit de l'intense collaboration entre l'Ingegnere Nicolò Costanzi et l'Architetto Gustavo Pulitzer Finali.

Au-delà de ce ravissement, ce qui le grisait était d'introduire une musique populaire et américaine au cœur de cette sophistication ultime de la vieille Europe. Sous le plafond, quelque cinq mètres au-dessus de sa tête, qui présentait une copie remarquable de « La bataille de Lépante » des Lucchesini, dont l'original est visible dans le romain Palais Colonna, il jouait ces… bizarreries. Avec un plaisir décuplé alors que filaient les heures de la nuit, et avec elles le navire sur le sombre océan que ne pouvait éclairer dans sa totalité la lune haut perchée dans l'obscurité étoilée.

Assis sur son petit siège, d'autres lueurs lui parvenaient. Celles que réfléchissaient les parures insensées de la gent féminine, ou plus modestement, mais plus intéressants pour lui, les sourires et les éclats dans les yeux qu'elle laissait échapper devant ce beau brun, élégant et enjoué, tantôt fougueux, tantôt langoureux derrière ses cymbales étincelantes.

Nulle part ailleurs sur l'immense vaisseau était-il plus aisé qu'ici d'apprécier les somptueuses toilettes alanguies sur les banquettes de velours rouge, ou glissant sur le parquet luisant, entre les profonds et confortables fauteuils de merisier verni, pour venir le voir jouer de plus près.

Et c'est ainsi que plutôt que de se concentrer sur son art, notre jeune musicien préférait frimer, satisfaire son auditoire, tandis que ce faisant il repérait ses proies, cherchait à reconnaître telle ou telle silhouette reluquée plus tôt sur la promenade de la Principessa ou sur le catwalk de la piscine principale du grand pont. Rien de plus facile ensuite, une fois son choix arrêté, que de profiter des mille recoins du jardin d'hiver pour glisser un billet dans la frêle et pâle main d'une jeune et oisive beauté.

Était-elle lassée de son séjour en cabine, sur les ponts ou dans les autres salons, qu'il suffisait alors de l'amener dans l'impressionnante salle des machines. Un ascenseur permettait d'y aller admirer les principales innovations technologiques du navire, trois stabilisateurs gyroscopiques colossaux destinés à limiter le roulis de l'océan pour mieux garantir le confort des plaisanciers, ainsi que les diverses chaudières et centrales électriques qui permettaient, entre autres prouesses, à ce monstre des mers de près de cinquante mille tonnes, transportant jusqu'à deux mille cinq cents hommes, de glisser sur le vaste Atlantique à quelque vingt-sept nœuds – presque autant que son aîné, compatriote et grand rival, le Rex. Dans ces entraillcs, bruyantes et sombres, les « débutantes » ne tardaient pas à se blottir contre Natalino, le priant de vite les éloigner de cet enfer métallique ; sa modeste couchette leur paraissait ensuite un petit paradis.

Au volant d'un tout autre bolide, une blanche et immaculée Alfa Roméo 6C, il avale ce matin la route, galerie après galerie, et c'est comme si à chaque fois que réapparaissait la lumière, un air entendu la veille au Negresco lui revenait en tête. Comme un feu d'artifice : oh, la batterie de Sidney Catlett sur « Steak face » ! Là ! L'inouïe clarinette de Barney Bigard sur « Rose room » ! Ah, la voix de Velma sur « I cried last night », le dialogue entre le piano d'Earl Hines et la contrebasse d'Arvell Shaw sur « Royal garden blues », ce que fait Satchmo avec ces deux-là sur « Mahogany Hall Stomp », incroyable ! Ensuite, lorsque ce Django Reinhardt, débarqué depuis Paris le matin même par le train de nuit de ce qu'il a compris, les a rejoints, les souvenirs du pionnier italien du swing sont plus flous, même si du swing il y en eût, et pas qu'un peu… Même les deux Français avant Armstrong, Yves Montand et

Suzy, Suzy *qualcosa*… ce n'était pas mal. Rien à voir avec les autres cinglés, mais pas mal. Quelle énergie dans ce petit bout de femme ! Quelle carrosse devait-elle donc rejoindre pour disparaître aussi précipitamment dès minuit sonné ?

***

Aéroport de Nice – Le Var, 29 février 1948

Yves Montand, ce matin, ne décolère pas. Rien n'y fait. Ni la chambre dans laquelle il s'est réveillé, pourtant d'un luxe auquel il n'est pas habitué, ni les bleus du ciel et de la mer qui se fondaient à l'horizon tandis qu'il petit-déjeunait copieusement (fichu mal de crâne, vas-tu disparaître enfin ?) ni les sourires de la bande à Satchmo lorsqu'il les a croisés, tige au bec devant l'entrée, en sortant de l'hôtel pour rejoindre l'aéroport.

Demain à Paris il règle cette histoire, il appelle Beuscher et enregistre au plus vite « C'est si bon ». Et d'autres trucs qui swinguent, si c'est ça qui plaît. Oh, quelle bringue quand même hier… Combien de temps est-il resté à les écouter ? Combien de bouteilles a-t-il descendues ? Il n'y avait guère que ça à faire, cela dit… Ils étaient impressionnants, un train lancé à vive allure, une machine parfaitement huilée, guidée par la trompette folle d'Armstrong. Quand ce n'est pas sa drôle de voix, qui vous balade mélancoliquement pour vous transporter de joie cinq minutes plus tard. Ses rires, ses cris enthousiastes à la fin de leurs prestations, ils n'avaient jamais vu ça au Negresco, pour sûr ! Et s'il n'y avait que lui ! C'est fou comme basse et batterie tiennent l'ensemble, s'envolent dès que l'opportunité leur en est offerte, reprennent précisément leur place lorsque cuivres, piano ou guitare réclament leur part de lumière. Comment Django s'est inséré là-dedans… Chargé comme il était, blessé comme il est, et pourtant virtuose de bout en bout… Vraiment, on avait l'air de quoi Suzy et moi ? Elle dans son accoutrement, ses petites fesses en bataille sous sa jupe fendue, moi en parfait pingouin, un vrai garçon d'hôtel ! Encore heureux qu'Edith n'était pas là pour voir ça… Trente minutes ! Ils nous ont laissé, à deux en plus, trente minutes sur scène, pas une de plus…

Non, finis les hommages à la noix, les remises de bibelots au « Roi du Jazz ». (Sérieusement ! Que voulez-vous qu'il en fasse Armstrong de votre vase Monsieur le Président ?!) Ils veulent m'enterrer vivant ou quoi ?!

Ah ! On embarque.

***

New York, 11 mai 1949

Johnny Desmond n'aime pas qu'on lui rappelle ses origines. S'il est né à Detroit, s'il a connu Londres ct Paris pendant la guerre, ce n'est pas pour qu'on le ramène dans cette satanée Sicile d'où sont originaires ses parents. Giovanni Alfredo de Simone c'est bon pour l'état civil ça, lui c'est Johnny Desmond, « The Creamer », ou mieux « The G.I.'s Sinatra ».

C'était le bon temps, pour lui, alors… Lorsqu'il se produisait avec le Glenn Miller's Army Air Force Band devant des milliers de soldats, découvrait France et Angleterre, lui et l'orchestre, cinquante gaillards pas qu'un peu ravis d'être là, pour remonter le moral de ceux qui l'étaient moins… Des dizaines d'enregistrements, des centaines de concerts ! À chaque fois, quelle ambiance… « Chattanooga Choo Choo » pour chasser le mal du pays, « The squadron song » pour leur mettre du baume au cœur, « All's well Mademoiselle » parce que *Soon you will dance again / Love and romance again / People are friends again, Mademoiselle* !

Il avait même sa propre émission de radio, « A soldier and a song » le dimanche, à l'heure du déjeuner. On raconte que parmi ses auditrices on comptait la Princesse Elizabeth, *herself*, pas insensible au charme de sa voix… Divertir et galvaniser les troupes, rappeler au monde que l'Amérique c'était la Liberté, ramener les brebis galeuses dans le droit chemin (il reprit même, en allemand s'il vous plaît, des succès de l'orchestre pour ce faire : « Mein Herz Sagt Mir » [My Heart Tells Me], « Wo und Wann » [Where or When], « Lang ist's Her und Weit Zuruck » [Long Ago and Far Away]… Que n'aurait-il accepté de l'irrésistible Glenn, de l'autoritaire Major Miller ?) Voilà son job d'alors. Il l'aimait, s'y appliquait, donnait tout ce qu'il avait pour que brûle jour et nuit la torche de la Statue, qu'elle éclaire continûment, ardemment, le monde entier.

La guerre terminée, il eut même son petit succès, en anglais, avec « Don't you remember me » en 1946, puis surtout « Guilty » qui atteignit la 12e place des charts l'année suivante. Cela n'a néanmoins pas suffi pour que la carrière de Johnny décollât. Au moment où nous le rejoignons, il prolonge son contrat pour la populaire émission de radio de Chicago, « The Breakfast Club », mais parallèlement ne parvient pas à enregistrer autant qu'il le voudrait. Son unique titre de 1948, « Don't cry Joe (Let her go ! Let her go ! Let her go !) » en se classant à la 22e place du billboard américain, n'a pas fait mieux que les deux précédents, ni même que ce qu'il enregistrait sept ans plus tôt, avec Gene Kupra et son orchestre…

Johnny ignore en outre que le 1er mars 1949, en Europe, à Milan plus précisément, le « Roi du Rythme » comme ils l'appellent là-bas, Natalino Otto, enregistre un air français, traduit pour l'occasion par « Tutto è bello ». Johnny l'ignore, et s'irrite que ce soit une mignardise française qu'on lui propose d'enregistrer, lui l'Américain. Mais Johnny ne sait plus très bien à quel saint se vouer. Son manager est un ami, il lui certifie que le morceau est également un tube en France, et puis le texte est en partie en langue originale. Ça, ça lui plaît à Johnny, il a de bons souvenirs de son séjour parisien, et il a bien chanté en allemand, alors… Alors il accepte et s'exécute. Il décide même de s'amuser. C'est un pro après tout, il peut *tout* chanter.

Sa version de crooner, plus sirupeuse que suave, intègre en milieu de morceau un aparté recyclant quelques mots français possiblement connus du grand public américain : *Promenade dans les rues, dans Paris sous le soleil, tout le temps chercher pour une partie* (?) *faire l'amour…* D'autres interprètes feront de même, donnant lieu à des charabias, parfois, divertissants. Nat King Cole dans une de ses émissions télévisées de 1957 est un fameux exemple, mais si nous ne devions conseiller qu'une illustration de ce procédé, nous choisirions celle de l'impayable Dean Martin, que l'on peut entendre sur son album « French style » de 1962, et dont ont été télévisées différentes interprétations de l'acteur, plus ou moins *borrachòn* là encore selon les shows – nous reproduisons ici les passages ajoutés pour illustrer notre propos :

The river Seine, si bon (Si bon si bon)
The Left Bank, si bon (Si bon si bon)
The Eiffel Tower, si bon (Si bon si bon)
The meatballs, pizzas, school cheating,
now that stuff's pretty good too
(en voyant notre mine ravie)
Hey, watch your language
I have only one thought and it's this dear
Oh, it's so good (Si bon si bon)
Nothing else can replace (Si bon si bon)
Just your slightest embrace (Si bon si bon)
And if you only would
Be my own for the rest of my days
I would whisper this phrase
My darling c'est si bon (Si bon si bon)
Gigi si bon (Si bon si bon)
Mimi si bon (Si bon si bon)
And all those mademoiselles that are si bon
In fact you'd be surprised how much good
stuff there is around here Frank
(Si bon)

Le 11 mai 1949, « C'est si bon » traverse l'Atlantique. Johnny Desmond, accompagné de Tony Mottola et son orchestre, enregistre à New York le morceau d'Henri Betti, dont le titre a été complété par une parenthèse : « C'est si bon (it's so good) ». Las, cette version ne dépassera pas les mois suivants la 25e place des charts…

Mais peut-être après tout était-ce un classement suffisant pour que Satchmo ait entendu le morceau, se soit convaincu que l'on pouvait faire quelque chose de plus, de mieux, de ces neuf notes ? Peut-être s'est-il souvenu alors de son séjour niçois, de cette pétulante Française qui chantait cet air sympathique sous l'insensé lustre de cristal d'un grand hôtel de bord de mer ? Ou d'une autre version, dans une autre langue, qu'il put entendre à la radio italienne alors qu'il séjournait à Trieste, Turin, Milan, Gênes, Naples ou encore Rome où l'attendait le Pape ? Ou était-ce lors de sa semaine française du mois de novembre précédent que la version d'Yves Montand caressa ses tympans ?

Suivront des versions allemande, danoise, espagnole, finnoise, hollandaise, hongroise, polonaise, portugaise, roumaine, suédoise…

Au moment où nous écrivons ces lignes, la Sacem liste sur plus de seize pages de son site internet les enregistrements à travers le monde de « C'est si bon ». Le dernier date du printemps 2020 ; on doit cette version policée, associant les textes d'Hornez et de Seelen, à Diana Krall, Iggy Pop et Thomas Dutronc.

***

Blacked

Marchant dans Central Park, à quelques mètres de son bureau de la 5e avenue, en mai 1949. Pendant un autre festival international de jazz, à Paris cette fois, là où Juliette Greco et Miles Davis tombent amoureux, éperdument, désespérément…

C'est simple, c'est le meilleur. Jamais il ne se plaint, jamais il ne faiblit. Pas d'épanchements, pas de jérémiades. Toujours au sommet de sa forme. Pleinement conscient de là où il est, de là d'où il vient. Jouer, jouer le plus possible, profiter tant que ça dure. Serein, malgré la concurrence. La nouvelle garde, respectueuse mais prête à lui tailler des croupières. Pas grave, tant que Louis se montre aussi combatif.

On a un bon deal tous les deux, et il en est bien conscient. Il sait tout ce que je lui apporte. Le confort matériel, et par là je ne parle pas que de sa garde-robe, de ses fringues de luxe, jusqu'à ses chaussettes et caleçons pour lesquels il exige le meilleur coton. Non, je parle aussi des impôts, de l'argent de poche de sa femme, des pensions alimentaires dues aux précédentes… Des paies des gars qui l'accompagnent, ceux que je dois virer, ceux qu'il me faut remplacer au pied levé. Surveiller en permanence qu'ils ne sont ni saouls, ni défoncés. Qu'autour de Louis ne circule que de l'herbe. Vous croyez que c'est facile ? Vous avez entendu parler de Charlie Parker ? Vous imaginez ce que c'est que d'organiser un concert de Satchmo avec Billie Holiday ? La logistique que cela suppose, la pister dès la veille, essayer de savoir où et avec qui elle passe la nuit, la faire suivre le jour même, s'assurer qu'elle a juste ce qu'il lui faut, pas un gramme, pas une goutte de trop sans quoi elle risque de vous claquer entre les doigts… S'assurer que son mec, ou un autre qui lui conviendrait (ce n'est pas le plus difficile à trouver), soit dans les parages pour la calmer au besoin. Ce n'est pas la seule anticipation requise. Les tournées sont planifiées au moins un semestre à l'avance désormais. Les villes, les salles, qui paie quoi, quand et combien. Trouver les hôtels, gérer les déplacements. Caler les enregistrements ou les passages radios ou télé en fonction. Lire les scripts qu'il reçoit pour un nouveau film, se faire un avis, peser le temps que cela va lui prendre, lui en parler ou pas, décider enfin. *Last but not least*, se faire payer, tanner qui il faut jusqu'à ce que l'argent change enfin de main. A Chicago comme à Rome, à Los Angeles comme à Paris. C'est pas pire que quand je gérais des boxeurs, mais c'est pas beaucoup mieux non plus…

Un autre truc auquel il faut être vigilant : protéger Louis. Filtrer l'information qui lui parvient. Vous n'imaginez pas le temps que je passe à lire ce qu'on écrit sur lui, les livres qui commencent à paraître bien sûr, mais aussi et surtout la presse. Les journalistes. Ne jamais se fier à ces types-là, jamais.

Vous vous souvenez de la tournée en France de 48 ? Nice, Paris, le super avion pour nous tout seuls, le champagne à gogo, les hôtesses à nos petits soins. Le palace sur la Riviera, Satchmo en tête d'affiche du premier festival international de jazz. Eh bien, y avait aussi un reporter, qui se présentait comme un écrivain. Boris Vian qu'il s'appelait. Beau gosse, le cheveu gominé au-dessus de son grand front, costume et nœud pap. Tu parles ! Un mariole comme j'les aime. Un de ces critiques avec une trrrès haute estime d'eux et de leur travail, pardon, de leur mission ! Guider l'humanité vers le Beau ! Des scribouillards oui, qui pensent pouvoir faire et défaire le monde. C'est quoi l'adage ? « Ceux qui savent font, ceux qui ne savent pas enseignent » ? Voilà…

Amateur de jazz depuis sa plus tendre enfance, c'est-à-dire depuis qu'en bouche on a pu lui troquer la cuillère en or avec laquelle il est né par un petit clairon sans qu'il braille de trop. J'me suis renseigné sur ce baltringue. Enfant à la santé fragile, surprotégé par maman. Même si papa est ruiné en 29, la famille parvient à maintenir un bon train de vie, avec leurs différentes propriétés et judicieuses relations. Le fiston fréquente de bonnes écoles, devient ingénieur. La petite famille se réfugie en zone libre dès l'été 40, le jouvenceau revient à Paris se marier avec une grande bourgeoise. Et voilà nos tourtereaux qui virevoltent pendant l'occupation, fréquentent les surprise parties de la haute ! Depuis, il joue du jazz de La Nouvelle-Orléans à Saint-Germain-des-Prés, ce qui ne l'empêche pas ces derniers temps de défendre aussi le be-bop… C'est pas tout. Monsieur dessine, peint, écrit, traduit des livres américains, *Le grand sommeil* et un autre Chandler, un roman d'un certain Vernon Sullivan, une histoire de fesses, sur fond de racisme dans le sud des États-Unis. Ça va faire bouger les choses, ça, tiens… Pourquoi qu'il est pas publié ici Vernon Sullivan ? Il pense que c'est depuis le quartier latin qu'on va régler les problèmes du Dixie ? Gamin. Quand on veut se battre, on monte sur un ring. On reste pas planqué à taper sur son clavier. Si on veut changer le monde, faut s'le coltiner ; le critiquer, ça suffit pas.

Bref, tout le temps qu'on a été là-bas, il ne nous a pas lâchés d'une semelle l'Artiste. Tout ça pour quoi ? Quelques lignes de compliments convenus, des coups de griffe à Teagarden en passant, et puis, sans que personne ne lui demande rien, comme si c'était futé de publier ça, comme si cela allait changer le cours de l'histoire, bouleverser l'ordre du monde, voilà qu'il se met dans les numéros suivants de son canard à recopier des courriers des lecteurs. Et ce con de les envoyer à Louis… Heureusement que je les ai interceptés. Jugez plutôt :

« Eh bien, je dis que si l'on compte sur ces "élucubrations" pour améliorer l'espèce humaine, on se fourre le doigt dans l'orbite jusqu'à la rétine. Aller chercher des enseignements chez les nègres du fin fond de l'Amérique ou de l'Afrique australe, c'est un peu fort de café. Passe encore si ça doit faire trémousser les zazous dans les bastringues, ou gigoter le derrière empanaché d'une vedette… de couleur… Mais donner à ces productions une consécration officielle, ça dépasse la mesure ». Cela dans Jazz Hot de mars 1948. Le mois suivant, dans le même canard : « Le jazz ! Musique de nègres à moitié saouls, voilà tout. Il suffit d'ailleurs que des Blancs se trouvent dans le même état physiologique, ou simulent de s'y trouver pour donner les mêmes résultats. Prenez cinq ou dix types de la rue n'ayant jamais touché un instrument de musique, distribuez-leur un saxophone, une flûte, une clarinette, un trombone à coulisse, ou à pistons, un violoncelle et une contrebasse et priez-les d'en jouer, vous serez servi et, j'ose dire, mieux que par des professionnels. Si vous ajoutez à leur orchestre deux ou trois chiens à la queue desquels vous aurez attaché une casserole, deux ou trois loupiots armés de trompettes, d'arrosoirs ou autres engins résonnants, vous atteindrez le summum de l'art jazzique ».

Vous laissez ça dans les mains de Louis, et vous lui cassez le moral pour des semaines. Ici, il sait ce qu'il en est. Depuis tout petit. Et il compose avec. Mais là-bas, il y a cru Satchmo à « Liberté, égalité, fraternité ». Il était pas peu fier d'avoir reçu un bibelot du Président de la République, elle trône sur la cheminée de son salon cette horreur. Il pensait que toute la France, le pays des Lumières ! l'adorait, que c'était là qu'il fallait être. Je lui ai promis qu'on y retournerait, et d'ailleurs c'est prévu à l'automne prochain. Mais hier comme aujourd'hui, et comme je le ferai demain, je veille. Et fais disparaître tout ce qui pourrait affecter mon champion.

J'interviens peu dans son répertoire. C'est lui qui choisit les morceaux qu'ils jouent, lui et ses Stars – une bonne idée encore que j'ai eue de lui faire réduire les effectifs ! Mais faudrait que je m'y mette peut-être. On n'enregistre pas assez. Y a pas de raison qu'on gagne pas un peu plus d'argent par ce biais-là aussi. Ce serait plus rentable, ramené au temps passé… Oui, je vais m'en occuper. Peut-être un truc français, tiens. Ça plaît toujours les trucs frenchie. *Paris,* l'*Amouuur, les rendez-vous*… Faut que je me renseigne, et que j'en parle à Louis.

***

Quelques jours plus tard, un peu plus à l'Est, au 34-56 107 th Street, Corona, New York

C'est depuis qu'il est rentré chez lui, dans sa coquette maison de briques de Flushing Meadows, cette architecture moderne qu'il a acquise il y a peu, qu'il y pense. Dans ce quartier familial, populaire (mais pas trop) du Queens où lorsqu'on se promène dans les rues de ce qu'est devenu son port d'attache, on peut entendre depuis diverses fenêtres ouvertes, parfois même fermées, sa musique, celle qu'il popularise à travers le monde à longueur d'année. Depuis qu'il a franchi les quelques marches de l'entrée, embrassé Lucille accourue lui ouvrir, déposé dans le vestibule sa valise. Depuis qu'il s'est assis dans le large fauteuil du salon rose du rez-de-chaussée, déchaussé, installé les pieds en chaussettes sur la table basse vitrée du salon, malgré la réprobation amusée de son épouse. Il lui a demandé un grand verre d'eau qu'elle s'est empressée d'aller lui chercher dans leur cuisine bleue, flambant neuve. Ou était-ce plus tôt, dans le taxi qui le ramenait de l'aéroport voisin de La Guardia, alors que par la fenêtre arrière il retrouvait les lumières de l'East River, les pierres et les verres des gratte-ciels, le trafic insensé et les trottoirs bondés ? Qu'importe, il y pense, et y a pensé toute la soirée, même au dîner durant lequel sa douce lui a fait remarquer qu'il n'était pas bien bavard ce soir… Il a mis ça sur le compte du voyage, de la fatigue, avant de lui sourire de toutes ses dents, pour la rassurer, la douce enfant. Il ne lui a pas parlé de sa discussion dans l'avion avec Joe.

Mais maintenant qu'il a rejoint à l'étage son bureau, qu'il a posé sur la platine un enregistrement de Glenn Miller, regardé par une des fenêtres qu'il a entrouverte la rue arborée faiblement éclairée par d'épars lampadaires, il s'assoit dans son fauteuil de cuir. Sort d'un tiroir une boîte en acajou, remplie d'herbe. Méticuleusement, Louis se roule un joint. Il fait ça avant d'aller rejoindre Lucille, et Morphée. Mais avant que la drogue n'opère, il se concentre, cherche au fond de lui ce qui le gratte, évacue les menus tracas pour mieux réfléchir à l'essentiel.

« Je vais le faire l'enregistrement qu'il me demande, Joe. "La vie en rose" et "C'est si bon". Je vais le faire, mais pas pour les raisons qu'il avance. Enfin, pas seulement. Pas que pour "élargir ma palette", "diversifier ma setlist". Pas non plus pour la raison qu'il ne dit pas, se faire du pognon, même si je n'ai rien contre. Non, je vais le faire parce que c'est de la musique de blancs, et que c'est un noir qui va leur jouer. Pour une fois, rien qu'une fois, inverser le sens des choses, faire tourner le monde à l'envers. En douce. Vont pas s'en apercevoir. Ils vont juste aimer, à la folie, applaudir à tout rompre à ce que je leur joue, c'est tout. Mais moi je saurai. Et j'en jouirai. À chaque fois que je les entendrai ces morceaux, à chaque fois que je les jouerai. Mes doigts noirs, épais mais agiles, prêts à froisser les toilettes pastel des dames, à piquer dans les poches de ces Messieurs leurs portefeuilles ! Oui, ce sera bon, *si* bon. »

Lorsque Louis quitte son bureau, il descend l'escalier pour vérifier que la porte d'entrée est close, les lumières des pièces du rez-de-chaussée éteintes. Ne sachant que faire du mégot qu'il a encore au bout des doigts, il l'écrase entre son pouce et son index, puis le dépose au fond d'un vase posé sur le guéridon du salon, avant de remonter se coucher.

***

Divin

Paris, fin d'été 1945

Il est une autre fiction possible pour qui découvre l'histoire de la chanson « C'est si bon », cherche à en savoir davantage, se divertit à imaginer ce que ne dit pas le matériau recueilli : les enregistrements sonores (les morceaux précédemment cités sont tous en libre écoute sur internet), les photographies des protagonistes (également aisément consultables), les récits (Henri Betti et Suzy Delair sur France Inter, les autobiographies respectives de Louis Armstrong et Miles Davis, Daniel Nevers plus encore que Boris Vian sur le festival de Nice pour l'album « Constellation 48 »)…

Une autre fiction, en écho à celle de Tristan Garcia, « Les rouleaux de bois »[6], nous amènerait à Paris, la guerre à peine terminée. Nous entrerions dans un cabaret, densément enfumé, insuffisamment éclairé, parsemé de quelques tables. À l'une de celles-ci, nous reconnaîtrions Johnny Desmond et une poignée de ses amis du Glenn Miller band. Plus proche de la scène où trônent un piano et un micro, nous surprendrions Henri Betti occupé à faire du gringue à une mannequin rencontrée ici même, ou peut-être était-ce ailleurs, dans un autre café de la capitale libérée, visité plus tôt dans la soirée. Au bar, échappé d'une de ses interminables tournées auxquelles l'a contraint des années durant le Duce, Natalino Otto profiterait d'une soirée de répit, soulagé de bientôt pouvoir revenir au pays.

Aucun des trois n'aurait prêté attention avant de pénétrer dans le local au drôle d'énergumène, hirsute et dépenaillé, qui, près de l'entrée, jouait sur un orgue de barbarie neuf notes :

fa, mi, mib, fa, sol, la, sol, fa, ré.

---

6 in « 7 ». Le synopsis, savoureux, est le suivant : au début du 19e siècle, dans les montagnes de la Beira, un soldat français retranscrit sur des rouleaux de bois la « musique de la Nature des origines » révélée à un moine portugais. Soit des centaines de partitions, qui ensuite éparpillées à travers le monde – à La Nouvelle-Orléans vers 1860, à Londres un siècle plus tard… – donneront naissance à autant de morceaux fondamentaux du 20e siècle, dès lors que leurs bienheureux dépositaires les auront interprétés.

Pas une de plus, pas une de moins ; répétant celles-ci en boucle.

À l'issue de la soirée, à une heure avancée de la nuit qui leur ferait trouver les trottoirs déserts en sortant du cabaret, nos trois protagonistes se sépareraient et poursuivraient leurs chemins respectifs. Ils se seraient à peine parlé, n'auraient rien échangé de leurs passés ni de leurs projets.

Tout Méridional naïf qu'il aime à se présenter, Henri Betti tirerait le premier quelques mois plus tard : lorsqu'à l'improviste ces neuf notes lui reviendraient à l'esprit, occupé qu'il fût pourtant à zieuter des guêpières dans la devanture d'un magasin de lingerie – ce que c'est que la vie, quand même ! – il s'empresserait de se les approprier, d'y coller quelques mots légers à l'aide d'un ami, d'enregistrer le tout, à leurs noms, chez un éditeur. *Peccato Natalino, sorry Johnny* : c'est la France qui gagne cette fois. Vous pourriez toujours protester lorsqu'à votre tour vous voudriez enregistrer cet air, sincèrement convaincus que vous en êtes les créateurs, vous ne seriez pas entendus. Vous feriez alors certes de votre mieux pour l'interpréter, nous n'en doutons pas, mais sans cœur à l'ouvrage.

Jouer ce morceau, on l'a vu, ne suffit pas à souffler son public.

Il faudra attendre pour cela le feu sacré d'un Louis Armstrong, un homme qui révèle la musique, comme elle lui a été révélée.

***

Netflix

— On garde le cabaret. Mais on y remplace Betti par Montand. Henri, mettez-le derrière l'orgue de barbarie… Là, on tient quelque chose qui peut marcher. Trois jeunes beaux gosses italiens que le fascisme fait fuir hors de leur pays. Montand était toscan, non ?

— Oui, mais Johnny est né à Detroit.

— Pas nécessairement. Un Italien du Nord, un du Centre et un du Sud, c'est parfait. Trois jeunes ritals donc, dont on suit le parcours depuis leur enfance joyeuse malgré les difficultés des familles, baignée de soleil et de musique, jusqu'aux sombres affres de la guerre. Comment ils s'en débrouillent. Natalino sur son paquebot, Johnny dans l'armée américaine, Montand exilé à Marseille. Leurs retrouvailles fortuites à Paris, et les trois enregistrements de « C'est si bon » qui en découlent.

— Et Betti ?

— Betti, il continue de jouer sur son instrument à Montmartre, jusqu'au soir où quelques mois plus tard Louis, baguenaudant dans Paname, le croise, s'arrête pour l'écouter. Lui offre à boire à la terrasse d'un café, place du Tertre ou sur la petite place en contrebas du Sacré Cœur, vous voyez ? place ou rue Paul Albert, à vérifier, bref, lui fait raconter son histoire. Comment, par une nuit de pleine lune, une partition s'est imprimée sur le papier vierge sous ses yeux ébahis…

— Douze notes et il en a perdu trois ?

— Très drôle. Enchanté, que dis-je, bouleversé par cette histoire, Satchmo reprend à son tour le morceau, et obtient le succès qu'on lui connaît.

— Et Delair ?

— Dehors, Delair. On peut faire sans, non ?

— Il faudrait un rôle féminin…

— Trouvons quelque chose avec Piaf. Une soirée entre elle, Montand et Louis, elle qui chante « La vie en rose » et Louis qui l'enregistre sur l'autre face de « C'est si bon » à peine rentré au pays. C'est bon ça, non ?

— Une idée de casting ?

— Omar Sy pour Armstrong. Rahim en Montand ? Faudrait un Asiatique et un Indien pour Natalino et Johnny…

— Sérieux ?

— OK, laissons tomber le bridé. On pourra toujours adapter le scénario pour le marché asiatique : trois jeunes Chinois…

— Et l'actrice ?

— Marion Cotillard ? Je plaisante. Kristen Stewart ? Ou une des filles à Kechiche, à voir…

— OK, je mets une équipe dessus et on revient vite vers vous, Patron.

— Merci. (*Il fredonne : humm humhummm…*)

Imprimé en Allemagne
Achevé d'imprimer en mars 2024
Dépôt légal : mars 2024

Pour

Le Lys Bleu Éditions
40, rue du Louvre
75001 Paris

www.ingramcontent.com/pod-product-compliance
Lightning Source LLC
Chambersburg PA
CBHW062346010826
49168CB00024B/287

* 9 7 9 1 0 4 2 2 2 5 9 1 9 *